Los Pétalos de la Muerte

Elizabeth Spann Craig

Freddy Moyano

VOL. 1: A SHORT STORY FOR HIGH-BEGINNER/LOW
INTERMEDIATE LEVELS WITH PRACTICAL
IMMERSION VOCABULARY

Written by Elizabeth Spann Craig and Freddy Moyano
Cover Art: Olivia Moyano
Interior Illustrations: Freddy Moyano / Pixabay

© 2018 Elizabeth Spann Craig and Freddy Moyano

Ebook ISBN:
978-1-946227-35-5.

In light of recent events, Mrs. Clover, and the complaints lodged by Mrs. Caldwell, we have no choice but to remove your name from the Greener Pastures retirement home waiting list.

'A BODY AT BOOK CLUB' (LIBRO 6 DE LA SERIE MYRTLE CLOVER)

Introduction

THANK YOU FOR INVESTING time and effort in your Spanish skills by downloading volume 1 of the "Learn Spanish with Myrtle" series, with easy to read passages and useful words and expressions for beginner-low intermediate levels.

Each chapter is designed to immerse you into the Spanish language while enjoying a best-selling murder mystery. For a full immersion experience, please feel free to first read vocabulary twice (no need to memorize it), followed by a slow read of each chapter up to twice. You will be amazed at how much of a global comprehension you will be able to gain from each chapter.

This volume is the condensed translation of "Pretty Is As Pretty Dies", volume 1 of the Myrtle Clover Series written by best-selling published author, Elizabeth Spann Craig.

Please stay tuned for future volumes in both e-book and audiobook versions.

Without further ado, enjoy Los Pétalos de la Muerte, by Elizabeth Spann Craig and Freddy Moyano.

Vocabulary – Chapter 1

hizo una mueca = grimaced
santuario = shrine
nuera = daughter-in-law
anuncios = advertisements
bienes raíces = real estate
No me suscribí = I did not sign up
artículo = article, column
el periódico = the newspaper
pusiera su casa a la venta = list his house for sale
arreglos florales = flower arrangements
ha metido a = has involved

Capítulo Uno

PARKE STOCKARD ESTABA de malas esa mañana.

Si Parke hubiera pensado en ir a la iglesia y en ser buena, ella seguiría viva.

En cambio, ella entró al santuario de la iglesia e **hizo una mueca** cuando vio las flores en el altar. Ella tomó las flores simples y las arrojó a una bolsa. Luego las reemplazó con rosas que colocó en un pesado jarrón.

Ella no vio cómo se abrían las puertas al **santuario**. Ella no escuchó a su asesino acercándose detrás de ella hasta que la persona le habló.

"¡Tú!", dijo Parke, enojada.

Treinta minutos después, Parke estaba muerta.

VARIOS DÍAS ANTES:

Era muy temprano en la mañana. La octogenaria Myrtle Clover había estado despierta por mucho tiempo, porque nunca dormía mucho. Myrtle llamó a su **nuera** Elaine. Elaine tenía un niño pequeño que la despertó temprano.

Myrtle dijo: "Estoy enojada con Parke Stockard. Ella escribe para el periódico también. Pero ahora su columna es tan larga que la mía está siendo interrumpida".

Elaine intentó escuchar, aunque estaba ocupada con el niño pequeño, Jack. Pasaron muchas cosas en su casa.

"¿Por qué acortarían tu columna?", preguntó Elaine.

"Porque Parke es bonita y a mi editor le gusta. Ella también paga por los **anuncios** porque es una agente de **bienes raíces**".

Elaine dijo: "Al menos seguirás ocupada, incluso sin el periódico. Ahora tienes dos actividades en la iglesia también".

"**No me suscribí** a las actividades de la iglesia", dijo Myrtle. "¿*Red* me inscribió?"

Red era el hijo de Myrtle y el jefe de policía de su pueblo, Bradley. Ahora Myrtle está enojada con Parke *y* Red. Ella ponía estatuas de gnomos en su jardín cuando estaba enojada con Red, porque Red los odiaba. Y luego Myrtle quitaba los gnomos.

En la oficina del periódico, el periodista Josh Tucker le dijo a su editor: "Hiciste mi **artículo** más corto".

Sloan, el editor, respondió: "Sí, pero tengo que tener espacio en **el periódico** para los artículos de Parke. Ella paga por los anuncios".

Al otro lado de la ciudad, Parke Stockard visitaba a Tanner Hayes para intentar que este **pusiera su casa a la venta**. "La casa es vieja de todos modos. Si la vendes, alguien puede remodelarla. La propiedad valdrá mucho ".

Parke ignoró la cara sonrojada de Tanner y subió a su automóvil para irse a su enorme casa. Cuando entró, su hijo Cecil le pidió cinco mil dólares. Ella estaba acostumbrada a que su hijo le pidiera dinero. Ella escribió un cheque y lo golpeó en la mesa. Cecil estaba preocupada de que ella no le diera dinero la próxima vez.

Benton Chambers, un político local, se sentó a beber en su oficina. Parke Stockard lo estaba chantajeando. ¿Cómo podría hacer que él dejara de hablar?

El ministro metodista, Nathaniel Gluck, estaba hablando con Kitty Kirk. Ella estaba muy triste y llorosa. "¿Qué pasa?", preguntó el ministro.

"Parke es lo que pasa. Ella es cruel y no le gustan mis **arreglos florales** en la iglesia. Ahora su hijo Cecil **ha metido a** mi hijo Brian en las drogas".

Pero Nathaniel no quiere enloquecer a Parke. Ella ha pagado dinero por cosas nuevas en la iglesia. Kitty se marcha enojada.

Vocabulary – Chapter 2

actividades = activities

no se miraba muy feliz = did not look too happy

candelabros = chandeliers

verificar = verify

bancos = pews

lugar equivocado = wrong place

multitud de personas = many people

entrometida = busybody

coqueteando = flirting

pistas = clues

Capítulo Dos

A LA MAÑANA SIGUIENTE, Red y Elaine se despertaron y miraron por la ventana. El patio de Myrtle estaba lleno de gnomos.

"¿Por qué hizo tu madre esto? ¿Qué le hiciste a ella, Red?" preguntó Elaine.

"La inscribí en las **actividades** de la iglesia", dijo Red. "Ella está aburrida."

Elaine le dijo a Red que se disculpara con su madre. Pero Myrtle no estaba en casa. Myrtle iba de camino a una actividad de la iglesia y **no se miraba muy feliz**. Entró en el santuario y vio a Parke, muerta. Myrtle permaneció allí, apoyada en su bastón.

El ministro entró al santuario y saludó a Myrtle. El se detuvo cuando vio el cuerpo de Parke. Tenía miedo. Myrtle lo envió a llamar a Red, el jefe de policía.

Myrtle vio que Parke había sido golpeada en la cabeza. Había un jarrón pesado cerca, pero también había **candelabros** y una pesada placa de bronce. El cuerpo de Parke todavía estaba caliente y no hacía mucho tiempo que yacía muerta. Myrtle vio el teléfono celular de Parke y lo recogió. Ella pudo **verificar** llamadas recientes a Althea Hayes (la esposa de Tanner), Benton Chambers y Josh Tucker. Podía oler algo de humo de cigarrillo en el aire. Myrtle vio una Biblia en uno de los **bancos** y vio que era una Biblia personal que pertenecía a Kitty Kirk.

El ministro regresó. Estaba sorprendido de ver rosas en la decoración. Dijo que un miembro de la iglesia era muy alérgico a las rosas.

Red llegó para investigar. Vieron a alguien tratando de escabullirse en la parte trasera de la iglesia; se trataba de Althea Hayes. Ella estaba muy molesta de ver el cuerpo de Parke. Red le preguntó que si había visto algo y ella negó con la cabeza. Althea dijo que estaba en la iglesia para una reunión, pero que había ido al **lugar equivocado**. Myrtle le dijo al ministro que Althea estaba escondiendo algo. El ministro se puso del lado de Althea, diciéndole a Myrtle que se lo estaba imaginando.

Afuera, había una **multitud de personas**, molestas por el asesinato. Myrtle vio a su **entrometida** vecina Erma afuera, **coqueteando** con Josh

Tucker. El estornudó mientras trataba de tomar fotos para el periódico. Myrtle pensó que era alérgico a Erma. Myrtle trató de ver si Erma o Josh olían a humo de cigarrillo, pero no fue el caso.

El teniente Perkins de la policía estatal vino a ayudar a Red a investigar. Escuchó a Myrtle explicar lo que había visto, aunque omitió las pistas que había encontrado. Ella decidió que Red y Perkins deberían encontrar sus propias **pistas**.

Vocabulary – Chapter 3

casa de retiro = retirement home
escogieron = picked
ruiseñor = nightingale
cigarrillo = cigarette
no me caía bien ella = I did not like her
se apresuró a entrar = rushed inside
anfitriona = host
deshuesado = boned
peregrine = pilgrim
viudo = widow

Capítulo Tres

MYRTLE NO PODÍA DORMIR. Red la enojó tanto. Él siempre la inscribía en actividades. También le decía siempre que la pondría en una **casa de retiro**. Ella le demostraría quién es Myrtle. Ella resolvería el asesinato antes que él.

Después del desayuno, Elaine llamó. Ella dijo que era el día del club de lectura y que recogería a Myrtle. Myrtle no quería ir. El club de lectura escogía libros tontos. Elaine dijo: "Esta vez, **escogieron** uno bueno".

"No he leído el libro", dijo Myrtle, aún inventando excusas.

"Sí que lo has leído. Ese que se titula *Matar a un **ruiseñor**.*"

Myrtle no pudo poner más excusas. Ella había enseñado el libro durante quince años en la escuela.

El club de lectura se ubicaba en casa de Tippy. Myrtle conocía a todos allí. Todos estaban muy bien vestidos, excepto una mujer. Kitty Kirk lucía penosa.

Myrtle olfateó el aire en busca de humo de **cigarrillo**, pero no olió nada. A Myrtle le tocó sufrir durante la reunión. Nadie parecía entender el libro.

La horrible vecina de Myrtle, Erma, dejó de hablar sobre el libro y comenzó a hablar sobre el asesinato. Esto hizo que todos se sintieran incómodos. Especialmente cuando dijo, "Oye, Kitty, a *ti* no te gustaba Parke."

Esto enojó a Kitty y esta corrió al baño. Myrtle se fue a hablar con ella.

Kitty dijo: "Estuve en la iglesia antes de que llegara Parke. Y **no me caía bien ella**. Su hijo destruyó a mi hijo con drogas. Luego, Parke se hizo cargo de todo lo que estaba a mi cargo en la iglesia. Ella me hizo sentir inútil".

"Cuando estuviste allí, ¿viste a alguien?", preguntó Myrtle.

Kitty dijo: "Alguien **se apresuró a entrar** cuando me fui. Benton Chambers. ¿Tú crees que él asesinó a Parke?

Tippy, la **anfitriona** del club de lectura, era la esposa de Benton. "¿Estás segura de que era Benton?", preguntó Myrtle.

"Segurísima. Un tipo tan alto, **deshuesado**, apoyado en un bastón", dijo Kitty. "Benton tuvo un accidente de esquí y ahora usa un bastón".

Myrtle quería hablar con Althea y averiguar más sobre su visita a la iglesia cuando se encontró a Parke. Althea también era la tía de Josh Tucker. Alguien le estaba diciendo a Althea que Josh había escrito excelentes artículos para el periódico. Myrtle hizo una mueca.

Erma le preguntó a Myrtle si había conocido al nuevo vecino, Miles Standish.

Myrtle dijo: "Ridículo. Ese no podía ser su nombre. Nadie le pone a un bebé el nombre de un **peregrino** ".

"Sus padres lo hicieron. Él es **viudo**. Aunque él es demasiado joven para ti". Erma puso una sonrisa malvada.

Myrtle sintió alivio al irse del club de lectura con Elaine.

Más tarde, Elaine le dijo a Red que pensaba que Myrtle podría estar tratando de investigar. "Habló con Kitty Kirk en el baño durante mucho tiempo", dijo Elaine. "Parece que está haciendo muchas preguntas".

Red dijo: "Tendré que hacer algo para mantener ocupada a mamá".

Vocabulary – Chapter 4

libreta = notepad
falda de paja hawaiana = muumuu
lucía penosa = she looked like a mess
del revés = inside out
cuaderno = notebook
lentes = glasses
alejada de problemas = out of trouble
informante = informant
puesto de cacahuetes = peanut parlor
tapacubos = hubcaps

Capítulo Cuatro

MYRTLE FUE A LA ESTACIÓN de policía. No quería compartir lo que Kitty le había contado sobre Benton, pero decidió compartir algo. Quería mostrarles a Red y al teniente Perkins que era buena para investigar.

Myrtle le dijo a los policías: "Tengo pistas para ustedes. Kitty Kirk está muy preocupada".

El teniente Perkins sacó una **libreta**. "¿Y eso por qué, Sra. Clover?"

"Ella luce terrible . Ella trajo puesto una **falda de paja hawaiana** al club de lectura y tenía maquillaje manchado en todas partes. **Lucía penosa**", dijo Myrtle.

Red se rió de ella.

Myrtle lo miró fríamente. "Sé otras cosas. Por ejemplo, Parke debió haber tenido algo ocupándole la mente. Parke llevaba puesta su blusa **del revés**".

El teniente Perkins cerró su **cuaderno**.

"Pero hay más", dijo Myrtle. "Kitty vio a alguien en la iglesia cuando se iba. Un hombre alto y deshuesado con un bastón. A ella le pareció que era Benton Chambers.

Red se rió, "¡Kitty Kirk está medio ciega! Ella nunca usa sus **lentes**. ¡Es posible que te viera a ti, madre!

Myrtle se enojó. Ella dijo: "Nunca me escuchas. Me voy."

Red dijo, "Te llevaré a casa. Toma mis llaves y ahí nos vemos".

Cuando Myrtle se fue, Red le contó al teniente Perkins la idea de mantener a Myrtle ocupada y **alejada de problemas**. El teniente Perkins telefonearía a Red con una pista falsa que llevaría a Myrtle a un lugar remoto. Myrtle tendría que pedir prestado un automóvil para llegar allí.

En el camino a casa, sonó el teléfono de Red. "¿Quién es?", preguntó. "¿Un **informante**? ¿Crazy Dan? Bien gracias."

Cuando Myrtle llegó a su casa, le pidió a Erma que le prestara su auto. Ella iría a ver a Crazy Dan. Crazy Dan vivía lejos y regentaba un **puesto de cacahuetes** fuera de su casa, la cual tenía las paredes cubiertas de **tapacubos** de automóviles.

Vocabulary – Chapter 5

Equivocarse = to get it wrong, to make a mistake

político = politician

le dio las gracias = thanked him

adivina = fortune-teller

sacarle algo de dinero = charge her a pretty penny

pochos = rotten

De repente = suddenly

Ardiendo = burning hot

Leyera las cartas = would do a card reading

en grave peligro = in grave danger

Capítulo Cinco

MYRTLE VIO A CRAZY Dan en su casa. Él no quería hablar con ella. Myrtle tampoco quería hablar con él, pero sí quería información.

"¿Sabes algo sobre el asesinato de Parke Stockard?", preguntó Myrtle.

Crazy Dan la ignoró y Myrtle dijo: "Alguien dijo que sabías algo. Debieron de **equivocarse**".

Ella se alejó y Crazy Dan dijo: "Bueno, yo podría contarte algo". He visto ese **político** con ella. Corría de acá para allá y nadie se daba cuenta de eso porque él vive alejado por aquí".

Myrtle **le dio las gracias** y caminó hacia el automóvil. Crazy Dan la detuvo. Quería que su hermana, una **adivina**, le leyera la mano a Myrtle para que pudieran **sacarle algo de dinero**. Su hermana, Wanda, se parecía a Crazy Dan: delgada como un hueso y con los dientes **pochos**. Wanda sonrió a Myrtle y levantó su mano. **De repente**, ella se miró la mano antes de dejarla caer como si estuviera **ardiendo**. Wanda corrió de vuelta a la casa, pero Crazy Dan la detuvo. Dan quería convencer a Myrtle para que se quedara y que Wanda le **leyera las cartas**.

Durante la lectura, Wanda le dijo a Myrtle: "Estás **en grave peligro**".

Vocabulary – Chapter 6

Camarera = waitress
patio delantero = front patio
chantajear = to blackmail
amenazando = threatening
ataque al corazón = heart attack
el coro = the chorus
himnarios = hymnals
fingiendo orar = pretending to pray
llorosos = tearful
molestarla = disturbing her

Capítulo Seis

MYRTLE FUE AL RESTAURANTE a almorzar. Su **camarera** favorita, Sheila, estaba allí y quería escuchar algunos chismes de ella.

Sheila le dijo a Myrtle que Parke no era muy popular en el pueblo. Dos de las personas que a quienes Parke no caía bien eran Tanner y Althea Hayes. Parke quería que ellos le vendieran su casa. Tanner no quería. Parke insistió y Tanner tuvo un ataque al corazón y murió en el **patio delantero**. Sheila dijo que Althea está muy triste sin él. Sheila agregó que escuchó a Parke hablando con Benton Chambers. Parke estaba tratando de **chantajear** a Benton por una aventura, a camio de lo cual él accedería a hacer algunos cambios de zonificación para su negocio.

Myrtle preguntó: "¿Lo estaba **amenazando** por la mismísima aventura que Parke tuvo con Benton?"

La camarera dijo: "Quizás pudo ser por otra aventura que ella conocía. Y eso no es todo. Josh Tucker, el del periódico del pueblo, también estaba molesto con Parke. Josh le estuvo gritando al editor del periódico porque recortó uno de sus artículos con el fin de hacer espacio para algo que Parke escribió. Probablemente también estaba molesto porque Parke hizo que su tío sufriera un **ataque al corazón**".

AL DÍA SIGUIENTE FUE el funeral de Parke. La iglesia estaba llena de gente.

Myrtle se sentó junto a la esposa de Red, Elaine, durante el servicio. Myrtle no había estado en la iglesia desde hacía tiempo. Le preguntó a Elaine qué cambios había hecho Parke allí. Elaine dijo: "Ella aportó grandes arreglos florales. Además, **el coro** y el ministro tienen ropas nuevas. Ella contrataba músicos especiales para los servicios. Y ella compró nuevos **himnarios**".

El hijo y la hija de Parke estaban allí. Después de que el servicio terminó y todos se fueron, Myrtle vio que discutían entre ellos. Ella se quedó para escuchar, **fingiendo orar**. La hija de Parke le gritaba a Cecil por pedir dinero prestado y no haberlo pagado de vuelta. Mientras escuchaba, Josh Tucker del periódico se acercó a ella. Su nariz lucía roja y sus ojos estaban **llorosos** por todas las rosas en el santuario. Él dijo: "Lo siento. Olvidé algo aquí".

Myrtle seguía fingiendo orar. Unos minutos más tarde, alguien se sentó a su lado. Era Cecil. Se disculpó por **molestarla**, pero no sonrió. Myrtle preguntó dónde estaba cuando descubrió lo de su madre. Cecil dijo que había estado dormido cuando mataron a su madre. Dijo que a nadie realmente le gustaba su madre. Por eso estaba muerta.

El ministro tosió. Nathaniel parecía nervioso. Luego dijo: "Vi tu motocicleta en la iglesia la mañana en que murió tu madre".

La hermana de Cecil estaba enojada. Ella dijo que Cecil debió de haber estado pidiendo dinero a su madre otra vez. Tal vez su madre dijo que no y Cecil la mató.

Cecil dijo: "Eso sería estúpido. Yo recibiría más dinero de mi madre si esta estuviera viva que si estuviera muerta. Sí, yo estaba en la iglesia. Yo le pedí dinero Ella me dio dinero. Ella estaba viva cuando me fui".

Cecil salió de la iglesia enojado con su hermana y el ministro detrás de él.

Vocabulary – Chapter 7

trofeo = trophy
anuncios electorales = electoral ads
frunció el ceño = frowned
ralentizaría = would slow down
apostó y perdió = gambled and lost a lot of money
consejo = tip, lead
no pudo pegar ojo = was wide awake
mecedora = rocking chair
montura = frame
gasped = jadeó

Capítulo Siete

MYRTLE CAMINÓ HACIA la oficina del periódico, *The Bradley Bugle*. A pesar de que los artículos de Parke ya no ocupaban más espacio en el periódico, Myrtle todavía estaba enojada con Josh Tucker. Todo el mundo pensaba que era tan bueno porque él trabajó en el *New York Times* antes de regresar a casa para trabajar en el *Bugle*. Si estaba trabajando en el *Times*, ¿por qué querría trabajar para el *Bugle*? Myrtle observó el **trofeo** de Josh en forma de una gran pluma que adornaba su escritorio.

Sloan era el editor del periódico. Era un antiguo alumno de Myrtle y aún le tenía miedo. Myrtle le preguntó dónde estaba Josh. Sloan le contestó que Josh estaba trabajando en una historia sobre la muerte de Parke. Sloan dijo: "Tal vez Josh descubra quién mató a Parke mientras investiga".

Myrtle dijo, "*Yo soy* quien está investigando la muerte de Parke. Descubriré quién lo hizo. Y ahora necesito información sobre Benton Chambers y Parke".

Sloan estaba preocupado. "Benton es un gran anunciante para nosotros. Nos trae muchos **anuncios electorales**".

Myrtle **frunció el ceño**.

Sloan dijo, "Está bien. Benton dijo que **ralentizaría** el desarrollo inmobiliario. Parke no estaba feliz. Parke tenía algún tipo de información sobre Benton. Ella podría haber amenazado con revelar la información si él no cambiaba de opinión. Pero creo que Benton no estuvo involucrado en la muerte de Parke. Creo que el hijo de Parke, Cecil, podría ser el responsable".

Myrtle dijo: "¿Por qué?"

"Tan solo míralo. Su hermana planea echarlo de la casa de su madre. La hermana está enojada porque Cecil **apostó y perdió** mucho dinero", dijo Sloan.

"Interesante", dijo Myrtle. "Por cierto, ¿podrías darme el número de celular de Josh? Me gustaría hablar con él".

Sloan lo anotó para Myrtle.

Myrtle llamó a Josh. Ella le dijo que le gustaría darle un **consejo** para su historia. Josh suspiró. Luego dijo que se encontraría con Myrtle en el restaurante al día siguiente.

ESA NOCHE, MYRTLE **no pudo pegar ojo**. Esto era normal para ella. Ella decidió salir a tomar un poco de aire fresco. Ella recogió su bastón y caminó hacia el muelle en el lago que bordea su propiedad. Myrtle tenía una **mecedora** en el muelle para las noches en las que no podía dormir. Se sentó en la silla y comenzó a pensar en el asesinato de Parke.

De repente, alguien la empujó con dureza golpeando el respaldo de la mecedora. Myrtle cayó al agua. Myrtle nadó hasta el muelle y luego hacia la orilla del lago. Ella estaba mojada y tenía frío. Oyó un sonido en los arbustos y gritó: "¿Quién anda ahí?"

Apareció un hombre de unos 70 años con cabello gris acero, lentes con **montura** metálica y una expresión de preocupación.

"¡El peregrino!" **jadeó** Myrtle. Erma le había dicho que su nombre era Miles Standish.

El ahora lucía aún más preocupado. "¿Fuiste a nadar? Y por lo que veo no fue una buena idea, ¿verdad? ¿A quién puedo llamar para que vengan por ti? Él la guió hacia su casa.

"Red Clover es mi hijo", dijo Myrtle.

El peregrino dijo: "Mi nombre es Miles Bradford".

Myrtle dijo: "¡Ah! Eso lo explica." Miles Standish. William Bradford.

Red apareció en casa de Myrtle en unos minutos. Myrtle le dijo que la empujaron al lago.

"Mi madre tan intrépida como siempre", dijo Red, molesto. "Y parece que a alguien no le gustó".

Red era irritante. Pero él sí tenía algo de información. Parke había sido atacada dos veces. Fue el segundo ataque el que la mató.

Después de algunas preguntas más, Red se fue. Pero Miles se quedó un tiempo. Él tampoco había podido dormir. Myrtle le contó todas las cosas que había aprendido sobre el asesinato mientras Miles les preparaba café. Ella le dijo que Kitty Kirk estaba enojada porque Parke se estaba haciendo cargo de toda la iglesia. También le dijo que es posible que Benton Chambers tuviese una aventura y que Parke pudo haberse percatado. El hijo de Parke tenía muchas deudas de juego y siempre necesitaba dinero. Además, Parke había llamado a Josh Tucker la mañana de su muerte. Y Althea había estado en la iglesia el día en que Parke murió y pudo haber culpado a Parke por la muerte de su marido.

Miles escuchó, hizo preguntas y hablaron. Después de un rato, Miles regresó a su casa. Myrtle pensó que podría ser un buen compañero. Además, tenía un automóvil y podía llevarla a la ciudad ya que ella ya no conducía.

Vocabulary – Chapter 8

tomara algunas fotos = take some photographs
nos conocimos = we met
fanfarronada = brag
asesinatos = murders
hacerle una visita = pay a visit
actuando en secreto = acting in secret
vender la propiedad = sell the property
qué hay de malo con = anything wrong with
retraída = withdrawn

Capítulo Ocho

AL DÍA SIGUIENTE, MYRTLE se encontró con Josh en el restaurante.

Él le pidió la información que ella le prometió. Ella dijo que descubrió que Kitty había estado en la iglesia toda la mañana cuando mataron a Parke. Pero Josh dijo que eso ya lo sabían todos.

Myrtle comenzó a hacerle preguntas a Josh. "¿Estabas tú también en la iglesia la mañana en que Parke murió?"

"Sí, pero por trabajo. Sloan quería que **tomara algunas fotos** para un artículo. Había olvidado algunos equipos y tuve que irme a casa antes de entrar a la iglesia. Para cuando volví, la policía ya estaba allí".

"¿Hace cuánto tiempo que conocías a Parke?" Preguntó Myrtle.

"Ella y yo realmente **nos conocimos** en Nueva York", dijo Josh. "Ambos fuimos **periodistas** allí. Creo que Parke se mudó aquí porque hablé mucho de Bradley".

Myrtle se alegró de que Josh no empezará a hablar nuevamente del *New York Times* . Ella no se creía con fuerzas para poder soportar esa **fanfarronada**.

Josh cortó su charla, diciendo que tenía que volver al trabajo. Myrtle sabía que podía escribir una historia mejor sobre los **asesinatos** que él. A Myrtle se le ocurrió que quería hablar con Althea Hayes. Quería averiguar qué estaba haciendo en la iglesia la mañana en que murió Parke.

Myrtle decidió continuar trabajando en su historia. Decidió ir a **hacerle una visita** a Althea. Pero Althea había estado **actuando en secreto** últimamente y había evitado a Myrtle las últimas veces que la había visto. Myrtle llamó a Elaine para que esta fuera con ella. Althea no querrá evitar a Elaine.

Althea los dejó entrar. La visita duró un tiempo, pero Althea estaba callada. Myrtle dijo: "¿No es horrible lo de Parke?"

Althea dijo, "Parke no era una persona muy agradable. Ella no hacía más que enojar a Tanner. Este es nuestro hogar. Hemos vivido aquí treinta años. No queríamos **vender la propiedad**". Althea cambió de tema y habló con Elaine de otras cosas. Myrtle no pudo obtener más información.

Elaine y Myrtle se fueron. Myrtle dijo: "No puedo pensar **qué hay de malo con** Althea. ¡Ella estuvo tan **retraída!**

Elaine dijo: "Tal vez ella está deprimida. Tal vez ella solo quería estar sola. Perdió a su esposo recientemente y probablemente eso la haya entristecido".

Myrtle dijo: "Pero a veces está bien querer salir de la casa". Quizás para el club de lectura. ¿No dijiste que el club de lectura iba a tener pronto algún tipo de reunión?

"En un par de días. En casa de Erma", dijo Elaine.

Myrtle se estremeció. Odiaba a su vecina Erma. Pero ella quería hablar con Althea otra vez. Tenía la sensación de estar escondiendo algo.

Vocabulary – Chapter 9

un nuevo miembro = a new member
atacantes = assailants
esparcidas = spread out
jefe de la policía = police chief
un desastre = a mess
ver juntas una película = watch a movie together
ellos merodearon = wandered around
conducir ebrio = drunk-driving
chequera = checkbook
tan involucrada = quite involved

Capítulo Nueve

EN EL CLUB DE LECTURA, Myrtle lucía enojada. Althea todavía evitaba cruzarse con Myrtle. Myrtle caminó hacia Miles. Él era **un nuevo miembro** en el club de lectura y no parecía darse cuenta de lo ridículo que era el club. Ella le pidió que hablara con Althea para que él le sonsacara información.

Mientras Miles intentaba hablar con Althea, Myrtle habló con Kitty Kirk. Kitty no parecía un desastre hoy. Kitty le preguntó a Myrtle: "¿Es verdad lo que escuché? ¿Hubo dos ataques? ¿O dos **atacantes**?

"Correcto", dijo Myrtle.

Kitty dijo distraídamente, "Sabes, es muy gracioso. No había rosas en la iglesia".

Myrtle frunció el ceño. "Sí que las había". Estaban **esparcidas** por todo el piso de la iglesia cuando mataron a Parke".

Kitty cambió de tema y Myrtle nunca tuvo la oportunidad de preguntarle sobre eso otra vez.

SEGUIDAMENTE, MYRTLE decidió que trataría de obtener información de Red. Estaba convencida de que su hijo, **jefe de la policía**, tendría algo útil por ahora. Ella lo invitó a su casa, y a Miles también. Pero cuando ella trató de cocinar para ellos, fue **un desastre**. Y antes de que pudiera obtener información de Red, recibió una llamada telefónica. Era una de las amigas de Kitty Kirk. Ella dijo que Kitty llegó con retraso a su cita con ella para **ver juntas una película** y que Kitty nunca llegaba tarde.

Red no se tomó esto en serio porque Kitty no había desaparecido por mucho tiempo. Pero Myrtle sabía que ella y Miles debían ir a ver a Kitty. Condujeron en el automóvil de Miles. **Ellos merodearon** un poco. Luego vieron el auto de Kitty en el cementerio. Su cuerpo estaba cerca. Parte de una lápida rota se encontraba al lado de su cabeza.

Miles llamó a Red. Red no estaba feliz de que su madre hubiera encontrado otro cuerpo. Mientras estaba en camino, Myrtle miró por los alrededores. Vio la chequera de Cecil Stockard cerca del cuerpo de Kitty.

Myrtle dijo: "Tal vez Kitty sabía que Cecil había matado a su madre. Tal vez lo conoció aquí para chantajearlo. A ella no le gustaba Cecil de todos modos. Le dio drogas a su hijo ".

Miles dijo: "El único problema es que Cecil no tenía dinero para darle a Kitty".

Red llegó con el teniente Perkins. Myrtle les dijo que Cecil debe ser responsable de la muerte de Kitty y su madre.

Red dijo: "No. Cecil ha estado en la cárcel local todo el día por **conducir ebrio**".

Myrtle dijo: "Alguien puso su **chequera** aquí para hacer que Cecil pareciera culpable".

Le dieron su declaración a Red y Perkins y luego volvieron al automóvil de Miles. "¿Vamos a casa?" preguntó Miles con esperanza.

"Aún no. Pasemos por la casa del pastor", dijo Myrtle.

"¿La casa del pastor?" ¿A esta hora de la tarde-noche? ", preguntó Miles. Él suspiró. Sabía que Myrtle era terca. Él condujo allí.

Nathaniel Gluck ya estaba vestido para irse a la cama cuando él abrió la puerta. Myrtle notó algo más. "¡Fumas!", dijo ella sorprendida. Ella podía oler humo en él. No es de extrañar que el santuario oliera a humo.

Él se sonrojó y dijo que estaba tratando de romper el hábito.

Miles dijo que Kitty Kirk había sido asesinada. Habían pensado que él debería saberlo, ya que Kitty estaba **tan involucrada** en la iglesia.

Myrtle intentó averiguar por qué Nathaniel había salido en defensa de Althea en el santuario la mañana del asesinato de Parke. Pero él no dijo por qué.

Vocabulary – Chapter 10

jardinero = gardener
suelto alrededor de sus hombros = loose around her shoulders
padecía = suffered from
lo abandonó = left him
lidiar con = deal with
se congeló = froze
te despidió = fired you
Te las arreglaste para = you managed to
plato de las colectas = collection dish
estornudaste = you sneezed

Capítulo Diez

AL DÍA SIGUIENTE, MILES llevó a Myrtle a ver a Althea. Myrtle estaba decidida a hablar realmente con ella. Cuando Miles se detuvo en el camino de entrada, dijo: "Es una casa bonita, pero el patio está en muy mal estado. Tal vez Althea use tu **jardinero** ".

¡Es gracioso!", dijo Myrtle mientras salía del auto y Miles se alejó.

Myrtle se sorprendió cuando Althea abrió la puerta. Althea siempre se veía muy bien y hoy se veía horrible. Su cabello lucía **suelto alrededor de sus hombros**. Ella iba vestida con ropas muy pesadas para un día caluroso. "Lo siento, tardé tanto en contestar la puerta. No pude encontrarlo", dijo Althea.

Myrtle conocía el secreto de Althea ahora. Ella **padecía** Alzheimer y lo estaba escondiendo. Althea habló con Myrtle. Ella sonaba perdida. Debe ser un día especialmente malo para ella. Myrtle le preguntó acerca de Parke, preguntándose si Althea recordaría quién era ella. La conocía. Althea dijo enojada, "Parke arruinó su vida".

"¿Qué vida? ¿La de tu esposo? ¿Por su ataque al corazón?" preguntó Myrtle.

Althea negó con la cabeza. "La vida de Josh. Ella dijo que realmente no hablaba con la gente en sus artículos. En el *Times*. Fue despedido y su esposa **lo abandonó**".

"¿Por qué era este un gran secreto? Pensé que había dejado el periódico para volver a casa", dijo Myrtle.

"Porque sus padres estaban muy orgullosos de él. Él no quería que supieran".

Myrtle asintió. "Althea, tengo que irme. Llamaré a tu hija y haré que venga a ayudarte". Llamó a la hija de Althea cuando se iba.

Luego hizo otra llamada. Myrtle quería explorar la sala de redacción y ver si podía encontrar alguna pista. Pero quería asegurarse de que no hubiera nadie allí mientras lo hacía. Primero, ella llamó a Sloan y le dijo que quería hacerle una visita para hablar de la forma en que él cortaba sus artículos. Sabía que Sloan encontraría alguna excusa para irse en lugar de tener que **lidiar con** Myrtle. Le pidió a Sloan que le pasara el teléfono a Josh, que estaba en la sala de redacción. Ella le dijo que oyó que Crazy Dan tenía información para que Josh manejara muy lejos. Después de eso, llamó a Red para decirle que necesitaba hablar con él. Y lo hizo; quería decirle que había descubierto quién era el asesino.

Entonces Myrtle caminó hacia la sala de redacción, que estaba vacía, como ella esperaba. Abrió el cajón del escritorio de Josh, buscando pruebas contra él. Entonces oyó la voz de Josh detrás de ella y **se congeló**.

Josh la fulminó con la mirada. "Decidí quedarme y descubrir por qué estabas tan desesperada por sacarnos a Sloan y a mí de aquí".

Myrtle dijo: "Ya puedes rendirte, Josh. Lo sé todo. Tu conocías a Parke de Nueva York. Parke sabía que tú te habías estado inventando citas para tus historias. Ella **te despidió** del *New York Times*, lo que provocó que tu esposa se divorciara de ti. Saliste para regresar a tu casa aquí en Bradley y no le dijiste la verdad a tus padres. Siempre le habías dicho a Parke lo maravillosa que era la vida en Bradley, pero no esperabas que ella te persiguiera".

"Pues no", dijo Josh. "Y no esperaba que ella intentara chantajearme".

"**Te las arreglaste para** encontrarte con Parke en la iglesia esa mañana. Pero cuando llegaste allí, Parke ya estaba inconsciente en el piso. Pensabas que ella estaba muerta. Pero cuando Parke se movió, la golpeaste con el **plato de las colectas**. Eso la dejó realmente muerta", dijo Myrtle. "Pero Kitty Kirk se dio cuenta de algo. Sabía que eras alérgico a las rosas, pero sabía que no había rosas fuera de la iglesia. Y aun así, tú **estornudaste** fuera de la iglesia debido a tus alergias. Kitty sospechaba que tú debiste haber entrado en la iglesia, donde estaban las rosas. Y donde estaba Parke ".

Josh parecía más enojado.

Myrtle continuó, "Te diste cuenta de que Kitty sabía la verdad. En el funeral de Parke, tomaste el chequera de Cecil para arrojar sospechas sobre él. Luego mataste a Kitty y dejaste la chequera de Cecil allí.

Josh sacó un cuchillo.

Myrtle dijo, con la garganta seca, "También trataste de ahogarme esa noche. Me empujaste al lago ". Ella extendió la mano detrás de ella sobre el escritorio, tratando de encontrar algo pesado.

Un teléfono sonó justo detrás de Josh y se volvió, sobresaltado. Myrtle se agachó, recogió su bastón y golpeó a Josh de rodillas, tan fuerte como pudo. Con dos manos, empujó el pesado trofeo de granito fuera del escritorio y este cayó sobre la cabeza de Josh. Con Josh noqueado, Myrtle llamó a Red con manos temblorosas.

MYRTLE LE EXPLICÓ A Red y Perkins cómo había resuelto todo. Red dijo que Josh estaba siendo tratado por una conmoción cerebral. También comentó que Myrtle tuvo mucha suerte.

"¿Qué va a hacer ahora, Sra. Clover?", preguntó Perkins.

"Creo que tomaré un descanso por un tiempo y dejaré que el mundo intente salvarse a sí mismo". También me sentaré tranquila a ver mis telenovelas. Quizás Miles y yo podamos comenzar nuestro propio club de lectura. Hay gran necesidad de una discusión literaria seria en la ciudad de Bradley ".

Red pareció aliviado. Myrtle le guiñó un ojo a Perkins. Perkins no se sintió aliviado en absoluto.

FIN / THE END